U0630632

谁

也许

危大苏诗集

Wei Da Su's Poetry

危大苏 著

时代文艺出版社

图书在版编目（CIP）数据

危大苏诗集 / 危大苏著. -- 长春：时代文艺出版社，2018.11

ISBN 978-7-5387-5985-3

Ⅰ.①危… Ⅱ.①危… Ⅲ.①诗集－中国－当代 Ⅳ.①I227

中国版本图书馆CIP数据核字(2018)第218239号

出 品 人　陈　琛
产品总监　郭力家
责任编辑　方　伟
项目策划　紫图图书 ZITO®
监　　制　黄　利　万　夏
装帧设计　万　夏

本书著作权、版式和装帧设计受国际版权公约和中华人民共和国著作权法保护

本书所有文字、图片和示意图等专有使用权为时代文艺出版社所有

未事先获得时代文艺出版社许可

本书的任何部分不得以图表、电子、影印、缩拍、录音和其他任何手段

进行复制和转载，违者必究

危大苏诗集
危大苏　著

出版发行 / 时代文艺出版社

地址 / 长春市泰来街1825号　时代文艺出版社　邮编 / 130011

总编办 / 0431－86012927　发行部 / 0431－86012957　北京开发部 / 010－63108163

官方微博 / weibo.com/tlapress　天猫旗舰店 / sdwycbsgf.tmall.com

印刷 / 北京尚唐印刷包装有限公司

开本 / 889mm×1194mm　1 / 32　字数 / 120千字　印张 / 9

版次 / 2018年11月第1版　印次 / 2018年11月第1次印刷　定价 / 88.00元

图书如有印装错误　请寄回印厂调换

我家门前有条小河

危大苏词曲

1. 我 家 门 前 有 条 小 河，
2. 我 家 门 前 有 条 小 河，

清 清 的 河水　　　缓 缓 地 流　过，　　从 前 她
清 清 的 河水　　　淙 淙 地 流　过，　　从 前 她

只 是 映 着 苦难和希　望，　　如 今 她 总 是 映 着
只 是 给 我 金色的梦　想，　　如 今 她 年 年 唱 着

幸 福 和 欢 乐。　小　河，　　故 乡 的 小 河，
丰 收 的 歌。　　小　河，　　欢 乐 的 小 河，

如 今 她 总 是 映 着 幸 福 和 欢 乐。
如 今 她 年 年 唱 着 丰 收 的　　　歌。哎咳 哟！

序　言

　　序言应该赞美作者和作品，但作者希望他的儿子来写序，相当于父亲趁机赞美了儿子。蒙着父爱的偏袒，儿子很荣幸，于是提笔成全这次任人唯亲。

　　我开始想父爱这两个字，接着想到爱的定义，然后就顿住，停在这个恼人的字眼上。成年以后，时间把我往父亲的样子轰然推去，——讲话时，不容对方分心的咄咄逼人的雄辩；站着发愣时似乎在弹琴的运动的手指；或者听着旋律时，情绪荡漾导致紧锁的川字眉头；听得起劲时，手腕扶摇而上的随性指挥……这些下意识表现，是基因还是身教，讲不清，但霸蛮地贯穿我的行为——他如此，若干年后，我也如此。每每如是，我的意识都会停半拍，不声张地想念我的父亲。

等等，我打算说父爱，跑题了。父爱，好，父爱。父爱在我的记忆里，不是行为，是父亲作为一个男性的生存形态。这个形态，有时候没有付出，也没有牺牲，它也许任性地纵容着自己，或者蛮横地拒绝人间烟火的香喷，它只专注地成全自己和世界的一场交谈，一场从不屑到从容的交谈，一场五斗米和铜豌豆的交谈，或者是一场关于自由和更自由的额度，如何透支的交谈……这场和世界的谈话，父亲持续了七十多年，让人欣慰的是，谁也没有认输，依然没有结果。只是，父亲很可能照顾好了谈话，却照顾不了人间烟火——但让人遗憾的是，烟火，往往直指结果，它不容许僵持，也不欣赏留白，烟火是旁的人看险，等着你旺，或者灭。而旺或者灭，终究是物质的事。

而在我的理解里，这不是父亲的事。

我小学六年级给女同学写的情书，导致班主任勒令家长去开会。对于孩子而言，这是道德的耻辱，这是不可终日的恐慌。他去了，听完班主任关于早恋的鄙视警觉、夸张的控诉之后，他说儿子写的信在哪里？老师说：我当然没收了。他说：这么美好的事情怎么能用没收这两个字，你还给我。

这是我父亲的事。

有趣的是，时光久远，我写下来以后，几乎忘记这是我母亲做的，还是父亲做的。那个童年午后的客厅里，我的小小情书被拎出来，被父母认可并原谅的感恩和安全感，如同爱情和诗意的永恒之井，更像一张蹩脚诗人的通行证，滋养我一直风月荡漾地抗衡这个烟火人间——哪怕三十多年来仿佛徒劳但毫无悔意。

那么，为什么我把它记在父亲身上呢？因为我无形间把烟火里的琐碎紧张归给了母亲，把非烟火的诗意和昂扬都归给父亲——面对童年情书的高级回应，仿佛更像父亲做的。于是，对于母亲这是一种"恩将仇报"的侮辱和不公，而对于父亲，则是一种儿子主动放下烟火期待的无限纵容，甚至标榜。

这种标榜，刻薄地分析，它甚至平反了我作为一个 35 岁男性的种种缺失和不雅，以基因的名义，对所有期待我的人，做了一次基于血统的辩护。我们常常，在必须努力的时候，说我会努力改变的亲爱的；我们在懒惰和无耻时，说对不起，我就是我，我生来这样。

科塔萨尔说，我们所有的感情里，唯有希望不属于我们，希望，是正在进行自我辩解的生活本身。

如果人间烟火，是生活的支撑，那么语言，是否就是关于生活的辩解？我们能不能武断地相信，我们的每一句话，都是希望——只是，因为种种对于失望的惯性压迫，我们开口落笔时，已经可怜兮兮地把这脆弱的希望戴了种种面具。这个面具，是希冀的外号和暗示，也是我们保有尊严的无奈之举。

在文字的宇宙里，这种无奈之举的最最凝炼的模样，恐怕就是诗了吧。

于是，在和世界的交谈中，僵持并且几乎胜利的关口，我的父亲开始写诗。他并不松弛，也不认可，从不总结，也不倚老卖老，他只是想把这场与世界的对话音量放大，但字数变少，至于形式和体格，他也不屑一顾——在我审慎地担心严格意义的现代诗的标尺的同时，我激赏老爹的不屑一顾。这是他关于生命的武断呵斥，这也是他关于世界的循循善诱，更是他肉身于此，心往苍穹的无数次起飞。像在一个明明有仇敌，却终不见敌寇显身的战场里，一支穿透历史和黑暗的箭，终于以肉身的老去为代价，以为自己即将穿透仇敌胸腔的瞬间，却被光化，发现自己成了一弯羽毛，猛一回忆，自己竟还是远古鲲鹏的遗落。

　　如果你读到了这里，那是我的大幸，希望你接着翻开它，让你也能体悟到读诗的大幸。但我不会大肆推荐这本诗集，毕竟这是你的烟火，也是你的交谈。感谢唐智军先生、赵靓女士的鼎力帮助。我想说，即便抛开父子关系，我依然为这本书的出现，感到幸运和自豪。

危笑　二〇一七年　冬

下
卷

下卷·雪梦荷香　九十五首

上
卷

在灰烬中寻找

八十九首

写给儿子

你 是一经开放就美得让人心旷神怡的荷
我 是即便磨得粉碎也不改一身洁白的藕

我 是你看得见的昨天 你 是我摸得着的明天
你 在我的心海里 我 在你的血脉中

我是石 你是火 儿子 那滚滚涌动的
血红血红的岩浆 究竟是火 还是石

你 是长出翅膀就想飞出去的爱做美梦的种子
我 是即便伤口滴血也要把食带回小巢的老鹰

在家里 你是早点喷香 你是琴声叮当
你是一棵会走动的小树 你是节日的欢笑

天天都这样

出去了 你是一个电话 你是一纸长信
你 是我日想夜梦的敲门声

你是大街上每一个孩子
那让我看得忍不住泪水的青春身影

2000.8.28

要是人能拷问自己

人 可以给自己挠痒
可以给自己制造痛苦
可以酿造自己的幸福
甚至可以白日里做好多
根本不现实的梦
可是
人
能拷问自己吗
人
要是能拷问自己 该有
多好

2005.12.4

买黑面包的一个清早

我们排着长队
想买一点儿黑面包
一个德国军官来了
问 谁看见了一名抵抗分子

没有一个人说话
德国鬼子又高声重复他的寻找
仍然没有一个人说话

听得见鬼子掏枪的声响
还是没有一个人说话

再不开口 我就开枪了
还是没有一个人说话

枪响了 屋顶上惊起一群鸽子
倒下了一位老奶奶
依然没有一个人说话

一个孩子蹒跚走来
把半个黑面包放进老奶奶的篮子里

鸽哨 在遥远的天际尖叫

2006.4.27

当我们老了

在厦门大海的船上
看见了许多圆圆的旧车外轮
它们整齐地围在船舷两边

这就是老了的我们啊
心儿和船儿一起
抵挡碰撞 化险为夷
经海风海浪海啸
渡苦痛苦难苦航

一次次遇险 一次次体会死亡
一次次撞击 一次次再活一回
让我们就这样吧
就这样一次次痛快我们的生命

2006.7.21 于厦门鼓浪屿

心事

一位在冲锋时被炸倒的
旗手告诉我
想看看土改时分到家里的牛
啥时会有自己的小崽

一位在巡逻时被倒下的枯树砸中的
战士告诉我
想尝尝拿着书本
走进北大梯形教室的感觉

一位在出嫁前夜被山洪夺命的
新娘告诉我
想听听自己的新郎酒醉了
对她说的第一句话是什么

不必要每个人都记得或听见这样的倾诉
但诗人应该
且
越多越好

2006.8.16

雪原上的点点白色

风雪　漫无边际的茫茫一片
点点白色在缓缓地移动
亲爱的　我们这样什么时候是头
哦　亲爱的　一直到死　丈夫说完
瘸拐着踏进深深的雪坑

我没打开书之前　这情景就浮现我的心头
打开书　几乎一字不漏地赫然纸上
这是不是一种昭示
抑或是灵感先于现实的飞临

也不过百多年前　在这条有名的小道上
天天都在出演这样的画面和对白
拿枪的和被枪押着的白色点点
在一点点缓慢地向着无尽的雪原

我的西伯利亚　哪一天才是你的春天
亲爱的俄罗斯　您的儿女的诗
从第一首到最后一首都只有一个主题
那是人类的良心

2006.8.24

巨痛

生命变成了一块巨大的白被单 是干的
谁在拧 使劲地拧
竟拧出了水 拧干 又拧 再使劲地拧
又拧出了水 干了 还拧
还拧 依然出水 实在没水了啊 还拧

心魄好容易走出了一片大莽林 黑白的
本来好长的路 一会儿就走完了
又到了刚才这片大莽林 没色 只有影
不该来的原地 偏偏又见了面
又走 又转回来 再走 再转回来 又转

眼睛明明感觉有一个很深很深的洞
细细一听 又没有什么洞
就是在那个洞里倍受熬煎
洞没了 仍一样难受 难受 更深
更深的洞又来了 更深的洞又来了

时间不动了　血不流了

一股一股的力　挤来　压来　喷来
是拉是扯是撕是砸是很重很重的重
不见但实实在在挥之不去的存在
记着　记着这平时根本不记得的地方
这地方　太让人难过了　谁想去记
记着记着　想不记着偏让你记　记
记　记　重重叠叠的记垛成的怪兽

好黑好黑　绝不会是阳光　更不是夜

非常地不平坦　不清醒吗　非常地清醒

无奈

2006.9.17 凌晨 3 点

一滴红酒的半声叹息

我不觉得这是梦
反而认为是我人生之旅的必然

一座被怀念想老了的吊脚楼
一串被心愿浸枯了的干辣椒
一条仿佛未尝人烟的野山谷
一颗在小河边躺了多年的小卵石

和它们邂逅
都让我欢喜 流连 都会把它们
收进我的心田深处 甚至会埋得
深深的深深的 在不知多少年后
的孤寂独醒时 翻将出来
没有时空限制地品味咀嚼 细细地
搅拌成我的音乐和现代诗 我那些
滴着诗意露水的油画棒画

当然更不要说人了
哪怕是一双我不可能再重见的
眼睛 无论它燃着还是待燃烧
我都会记得
保不准哪时哪刻

把它们唤回喊醒

嵌进我正流淌的诗句 和弦与
色块

即便是钢琴上薄薄的一抹灰尘
我也有点儿舍不得将它们随便地抹去
在看不见的细小尘埃里
谁能保证就没有我日思夜盼的
灵感 或是
将要变成灵感的原初状的什么

是的
我愿收藏
哪怕是埙里飞出的一口气
抑或是年夜里残留的最后
一滴红酒的半声叹息

为什么不呢 生命是浩大的 更是
细微的 一粒肉眼见不透的尘埃
打开来
就是一个和大宇宙一样的天地

2006.11.8 上午 10 点

那个晚上

一不留神　一个女孩儿闯了天大的祸
时间停止了
她像个地下工作者
把那一堆白色的瓷片　不管是眼睛是鼻子
一块块一块块地捶碎　捶碎
直到看不见眼睛也看不见鼻子
然后　悄悄地把碾碎的瓷粉扔进
垃圾堆

2006.11.11

眼睛　那双眼睛

又是冬天了
风吹着　天阴着　日子冷着

突然　想起了眼睛　那双眼睛
那样的眼睛

春水　秋水　明亮　深沉
炯炯如火　地火与天火一起生命着

可以穿透想穿透的一切
心灵闪电

聚焦人世的美丑
劈开黑暗　劈开长夜　劈开劈开劈开

让世上睁开和闭着的眼睛与这双眼睛
一起看护人间

无数的种子和无数的星星
一首意象无尽的现代诗

2006.11.28

永远就是一刹那

永远就是一刹那
就是一个生命的全过程
只有生命本身才清楚
永远有多久

永远不是理论
而是一种情感
和生命同在的一种情感
永远是血肉构成的

永远是思想的一种存在方式
更是生命存在
离开生命的时间和时间的生命
永远只是一个空壳

永远是美
追求就是一种永远
坚持也是
执着就更是了

永远就是追求着　哪怕这追求只有
一刹那

2007.3.19

枣园

他　喜欢不告诉任何人
独自
出去走走

抽一根烟　随烟雾
如李贺　临风飘逸

也喜欢听信天游
乘
云水　梦一样袅冉
闻见那
枣的香甜　柿的青涩

每每
一声鸡叫　他就望见了
外婆家那弯弯山路上
由远而近的少年
披一身清冷

湘音凿凿的一个又一个小小脚印

星远无边

2007.4.18

实在与虚空的距离

那个咖啡厅早就没了
可那在烛光里弹琴的
女孩
老在我回想里演奏

其实　她没来的时候我就听见了
琴声
倒是她来了以后
我什么也没听见了

即便是她老在我回想里
弹琴
我也依然什么也没听见
不知道因为什么

其实　当时并不很吵闹
其实　烛光也并不很晴朗

烛影摇红　摇白　摇青

2007.4.24

滑落的一瞬

我
诞生于滑落的一瞬

从上苍的指缝里
滑落的一瞬

我是从黑暗里
滑落出来的一滴光亮

我常常抖颤地捧着自己
问

这沙粒般的美好
仅仅是一次偶然吗

2007.6.18

也许

我不明白自己为什么
会在一首小诗边上
流出了这样的心音

情至 至情

这样的境界 需要多少
浓烈的酿存 需要多少
时日的熬煎 需要
怎样的
提炼和锻打

也许 一个唐朝都不够
加一个宋朝也不够
再加上一串元 明 清

也还是不够

2007.6.21

寻找

——北京印象

我喜欢从南锣鼓巷的中央戏剧学院
走到后海

当然是想寻找
寻找一些不应该消失的脚印

寻找一些不会熄灭的
对白

寻找一些不能忘记的
呼吸

从一座座古旧幽静的
四合小院

飘着枣香 书香 还有贝多芬琴香的
小院

那昏黄灯影里
捧起

捧起一个个滚烫的名字

2007.7.20

有时候　听一种声音

有时候　听一种声音
是要选择一种角度的

有时候　听一种声音
是要选择一种心情的

有时候　听一种声音
是要选择一种时间的

不这样　就听不见这声音
不这样　就算听见也像没听见
不这样　这声音天天在耳边也白搭

比如　一个孩子的脚步声
比如　几百个孩子的脚步声
比如　成千上万孩子的脚步声
从一座风雨桥上
走过　走过　走过

那是　整个春天都在发芽　发芽　发芽

2007.8.3

灵魂

根　可是古树的灵魂
星　可是少女的灵魂
风　可是大地的灵魂
眸　可是宇宙的灵魂

我们看不见灵魂

我们看得见灵魂

渔歌里闪烁的一波感叹
荷香里飘逸的一缕童谣
春曦里透亮的一朵憧憬
烛光里摇曳的一颗梦萦

我看得见灵魂
在我的诗歌里

我看不见灵魂
在我的寻觅中

2007.9.6

合唱

让被风吹散的雨滴 调皮的雨滴
同时抵达
这就是合唱

让一块块矿石 剔除杂念
熔成一炉意志统一的纯钢
这就是合唱

让许许多多色彩搅在一起
再从这混沌里抽出各样的美丽
这就是合唱

合唱 让个性懂得什么是牺牲 什么是
真的自由

合唱 是高度集中的自我
漂亮的张扬

合唱 是砍出来的 磨出来的

酿出来的 熏出来的艺术

合唱 是无数火苗燃成的灼痛之光
是万千泪滴汇成的奔腾洪流

合唱 是群芳璀璨的春之田野
是漫天雪花飘出的圣洁的童话

合唱 似梦非梦
是人生之梦的现实之旅

大音希声
当一曲又一曲合唱
追随日月远去
我们仍听见的
那

才是真正的合唱

2007.12.26

洞庭湖的麻雀

无边的芦苇
被湖风压得几近伏地的
芦苇
用她们玉白的身躯和长发
点燃
揭天的大火　那银亮与炽热
划破洞庭
八百里冷月苍茫

无数洞庭湖的麻雀
拥着翻卷的刚烈焰魂
铺天盖地
飞舞回旋
一遍又一遍地悲怆呼啸
不屈的不　不屈的屈

不屈的屈　不屈的不
不屈　不屈　不屈

那
小小的翅膀
小小的心脏
小小的呐喊
小小的生命
告诉天下所有的风暴
不屈的不　不屈的屈
不屈的屈　不屈的不
不屈　不屈　不屈　不屈
不

2008.1.9

触摸一种气质

又触摸到一瓣玫瑰花瓣
很柔软
一种因为生命的活着的
柔美

很红
一种因为生命的活着的
玫红

很香
一种因为生命的活着的
芳香

她
已离开母体 很快就要
失去生命的鲜美

我触摸着她的肌肤
她的心灵
她的哀伤与挂牵

一片玫瑰花瓣最后的呼吸

我想
我是触摸到了花朵的

气质

我不是在写诗
我是在轻抚一瓣花儿
凋落的

气息

2008.2.19

望

历史站在那里
一个女孩站在那里
仅仅站在那里

我是回忆 深情 缠绵 弥散
她是现实 时尚 隽美 不解

听见花蕾绽放
听见年轮滚动

满船星梦 风情万种

2008.3.24

偶然

两片树叶干在我的书里
当然是偶然
世上有什么事不偶然呢

这颗雨滴
就滴在这里　一朵红梅蕊上
就不滴在那里

这粒种子
被小鸟吞走　居然飞到大洋彼岸
长出一树中国花

这本诗集
让流浪汉收起　在柴火里
重袅鬼魅的李贺

这场歌剧
唱开一个小姑娘的世界
二十年后　成为剧中的女皇

2008.4.12

一个行者冷峻的目光

像闪电一瞥
看见一个行者冷峻的目光
不
不是行者冷峻的目光
是
历史的诘问

我是思想者吗
我想做些什么
面对这样的世界

当我读书看电视听新闻的时候
当我上街或逛公园的时候

当我面对一双双饥渴求助的
眼睛的时候
当我闻着干涸见底的母亲河
飘出的恶臭的
时候

2008.4.25

永生的屈原

我用眼睛 读您的眼睛
读 云雨 雷电 晨曦
读 劈开宇宙的大光明

我用心灵 读您的心灵
读 清浊 凄苦 天
读 泽惠苍生的大悲悯
我用热血 读您的热血
读 愁恨 山鬼 江河
读 万古常长的大求索
我用生命 读您的生命
读 兰荷 芳菲 秋风
读 动地惊天的大涅槃

眼睛 心灵 热血 生命
光明 悲悯 求索 涅槃
千百年过去
好像您并没有告诉我们做
什么
只是 引我们跟您一起
恒久地 问天问地问人问己

在不停的诘问与求索中
前行
而您就在这不停的诘问与求索中
永生

2008.5.31

成全

在诗集的一页诗边上
有一个小洞
洞里显着一个词
它是想从一首诗
走进 另一首诗

不能翻开啊
翻开了
这个词的愿望就破灭了

是保存这首诗
还是成全这个词

成全这个词吧 因为

一个弱小的心愿
常常比一首诗重

2008.6.10

我　超我　他我

我
是　这一棵树
为了不可能的抵达
无条件地牺牲

超我
是　这棵树的梦
也常常想远远地离开
去追寻想象中的自己

他我
是　这棵树的影子
不实质性地彻底地叛离自己
一种冷静的反思或客观拷问

如果　过来一阵不可抵挡的风呢

喜欢
批判的武器　武器的批判

我

2008.6.30

鸟儿鱼儿

有一只鸟儿
突发奇想地想
找一条鱼儿
做朋友

它怎么也想象不出
在水里 被水淹着
会享受到什么自由
和快乐

这条被鸟儿选中的
鱼儿
也不明白在空旷的天空 空旷旷地
飞 是一种怎样的滋味

她们日复一日地用信件
讲述自己对自由与快乐的体会
这些信件
后来变成了两本很打动人的
现代诗

2008.9.19

深夜

让不停的思绪停一下吧
让它们停一下
思绪不会停
像河 从不休息 不知什么叫
累

孩子们的字 越写越差
好多辛苦都交给了无所不能的电脑
电脑没有思绪
没有血液的奔走
更没有心跳和梦

风
真的停过吗
一个民族的血 停过吗

不停
诗人知道 不能停下

很静的深夜 我听见无数
停下来的东西
在悄悄地远去

2008.10.21

生命的留存

我 想着生命
生命 给我想的可能
几多精彩 快乐 痛苦
还有很轻的 痒
它们组成生命 十分微妙

更多的时候是平淡
就像每天的阳光
更多的时候是平静
如同钢琴在优雅中等待

英雄总是少之又少
困难总是层出不穷
就这样悄悄地走过
走过　旷古不惊

留下伟大　留下辛苦
留下美丽星球美丽的一切
平平静静
一个又一个悄然的　夜晚和
黎明

2008.10.26

问

不知道冷知道自己冷不
不知道热知道自己热不
不知道天空知道自己空不
不知道黑夜知道自己黑不

那么冰呢
那么火呢
那么飞鸟呢
那么星星呢

还有

2008.11.4

飞的疼痛

只要一深呼吸
身体里面就会有一个地方
疼

正在构思的小说
就是这样的深呼吸
只是
疼的不是身体
是历史

诗
也是这样的深呼吸
因为是涌出来的
所以

不觉得疼

音乐　就更是了
她飞
飞的疼痛
只有天空知道

2008.11.10

我那牦牛头一样的故乡

不忍擦去
你额际的残痕
这里的每一处细微
都铭刻你的隐痛
隐痛
是可以擦去的么

那如鸟瞰的印痕
如今
还在生动
静静地向每一位来者
告诉

像一只海螺
远去了 在让人怜爱的空里
仍能闻见海的腥风 暴烈
与
叹惋

那不停的歌
不需要耳朵

2008.12.9

黑天鹅

在深黑的水面
常可见一缕缕银白闪亮
黑色的水
变成了银色的水幻湾湾

一对黑天鹅
在银光中徜徉
品格无须显摆
银波凸现一种贵族气 弥散

没有声音 没有丁点儿声音
响动 十分遥远 许是
来自谁的心扉
那咚咚轰响的
是有点儿紧张的心跳

银波跟着天边的心律
涟漪 婉约 悄然
黑天鹅 不动声色地
前行 静谧的高贵在警醒
深沉的池塘

2008.12.9

琥珀留言

我很喜欢琥珀
觉得自己就是一枚琥珀

原初 那一颗颗渗出滴落的
是我生命的苦涩与快乐
至于 什么被我融在一块了
我 真的没有预谋

我没想到黑暗要将我
囚禁这么漫长
也不知道自己还会重见天光

我之所以自认为是一块灵动的
石头 是因为我的梦
没被无尽的长夜吞噬

原谅我 不幸被我
牵连的生灵
希望阳光重照我们时
你也在拥抱节日的快乐

2009.1.11

秋白

在想什么呢
想说
忍不住还是想说
哪怕
是多余的话

沉默的树　也在思索
沉默的水　也会爆炸
通天烈火
一袭长衫　怎装得下
就这么走了
就这么留下
在子弹的呼啸中

淡然坐化

血
常常是这样惨烈地喷射　流淌
然后
花儿开了
静悄悄

2009.1.22

不见得是寓言

夜
从烂了的苹果里出来
一下子
甜味飘满了整个城市

蚂蚁们蠢蠢欲动
冬眠的苍蝇也眯开了双眼
甜味
迅速地变成了酒香

那滴下来的是什么
雨水吗

不　是浓黑的夜的伤
痛

铺天盖地的蚂蚁滚过来了
城市醉了
摇摇晃晃地在酒香和夜的
伤痛里　蹒跚

2009.2.2

灯

我 询问灯的存在
想知晓它为什么要那样闪烁
那样不倦地 寻思 舞蹈 飞落

把自己送往很远很远
与每一处陌生交流
总想点亮一点
什么 哪怕黑暗如磐

不急躁 不张扬 默默旋舞
炉火纯青
享受燃烧 享受痛苦
享受 短暂而又漫长的求索

那光焰 那执着
是青春的力量 是生命的追赶
追赶 追赶 追赶

把形式的思想
灼痛
成内容的思想

2009.2.2

这样地问自己　只有我们

我是叛徒吗
是
我背叛了多少过去崇拜过的

我真的是叛徒吗
不是
我坚持了多少应该一直坚持的

我　不是叛徒
但我还是更喜欢说
我是叛徒
面对现实与前行　我不能不准备
无数次地修正我曾经喜欢过的

不这样
我就真的成了一个可怜的
叛徒

什么时候
我们可以不必这样问自己呢

2009.2.6

写给亲爱的先生

一见到或者一说起您的名字
心底
总泛起一泓暖流
这只有梦见亲人时才飞临的温馨
此时
像决了堤

真羡慕与您同时代的青年
那位用带着体温的铜板向您买书的青年
只要良心安在
哪怕是奴隶 只要没有奴性
就可以与您见面 得到关爱

每一句话 每一缕笑
都是三伏的雨
湿润 浸透心扉 久久不散
不是电影 比电影久恒
不是想象 比想象浪漫
心血篇章 都成为经典
什么时候看
都是一簇
顶天立地的民族魂

2009.2.20

一滴滴泪　滴成的海

这是一滴滴泪
滴成的海
在心底
几十年了
要从这泪海
捞出沉寂了多年的苦难
让它们在阳光春风里一滴滴地
展览
个中滋味
只有自己明白

一滴滴泪
梦一样远的依稀
捞起
哪一颗好

2009.2.28

风碎乐谱的试奏

不可能停止的行进 在圆号里
停止了
捧不起的水
被柔情的小提琴华彩 盛满了竹篮

风 和长笛
变成了一叶扁舟
雨点 击节军鼓
在看不见的水笺溅出诗行

思绪 琶音 袅袅
炊烟
婷婷舞姿 妙妙曼曼

刚倒下的老树 魂寄大锣
谁在敲打 空空旷旷
在问里洞察

铅灰的时间 从木琴上闪过
一只鼠样的玩意儿
记忆 记忆 记忆 辉煌铜管
烁烁灿烂

2009.4.24

人之每一样武器都在灼痛

写下这个命题时
心　也在灼痛
看着那么多兵器　冷的热的
不可能不唏嘘　叹惋

每一把剑都有自己的理性
如同每一棵草都有自己的信念
有理性有信念就会有痛苦
有痛苦才会有执着的追求

每一把剑都看见过自己的鲜血
生命大海的潮起潮落清楚自己的哲学
不是给人看的
也不为交易与占有

非人的武器从来未存在过
如同每一场战争并不是非人的狂乱

我是一把剑
我灼痛

2009.6.14

洞洞船舱

我不能想象
假如没有洞庭湖 没有
湘江和岳麓山
会有我和我的诗作

我
真的没有写什么诗
只不过
时常地捡拾岳麓山的片片落叶
和
洞庭湖与湘江里的朵朵水花
晚霞和炊烟
从洞洞船舱里飘出来的

灵动与穿透

她们
是这样地让我惊心动魄
旷世 旷世 旷
世

2009.11.5

白皮鞋　如花的冷却

冷却里

我回望一个女红军战士

那双她死前庄重地

搁在大榕树下的

白皮鞋 如何在她死后庄重地

回到她的脚上

生前与死后就

这样相逢 两缕余温 相互抚慰

慢慢地 慢慢地

冷却

那用生命呐喊出的革命万岁

和听见这万岁的五指山

也在慢慢地 慢慢地

冷却 冷却 远在南洋的妈妈

对爱女的思念

会有冷却的一刻么

2009.12.17

古莲

埋没　如果是自觉
当然是难得的奉献

如果是自弃　又没原因
当然是一种悲哀

如果是被迫　且不反抗
那是屈服　可怜也无用

如果是被陷　但拼死抗争
那是值得纪念的一种英勇

思想是埋没不了的
精神是埋没不了的
艺术是埋没不了的

信念　理想　还有梦

一切美好 都埋没不了
个性 有可能被埋没
但 不会长久
真的个性
是春天播下的种子
冲破
是她永恒的歌唱

我不怕埋没 不怕

民歌和总谱被烧了
血铸编钟
身躯和自由被囚了

我 就是那被埋千年的古莲
飘香的荷塘 是我对黑暗的
回答

2010.1.25 午后

逆光神韵六幅

海　跃起
铜管般辉煌壮丽

浪　飞舞
尖厉的天马嘶鸣

潮　失恋
拖地的军旗面面

贝　相守
抢光了又生春风

画　不舍
荷与水天地倒映

星　永恒
不悔的逆光

2010.3.3

春天　我问长沙

故乡　为什么就不能说你是
一个理想主义者呢

还记得黄兴蔡锷吧
还有郭亮骄杨　更还有
润之与耀邦
故乡　你不是理想主义者　谁是
你就是一个理想主义者啊

理想主义者们的热血与思考
润着你的土地　你的时间　你的一切的美好

每一簇杜鹃 每一树香樟
甚至
每一条麻石巷 每一片青青瓦
都曾经用自己的青春滚烫
唱过那首童谣 那首
屈贾也曾抚摸过的古老童谣啊
那数不尽的色彩
让一整个岳麓 一整个潇湘的心灵世界
变得
那么璀璨 那么妖娆

2011.1.5

一粒尘埃

我 是一粒尘埃
是的 我当然是一粒尘埃
从天内来还是天外来 不重要
重要的是
我是一粒地球上的尘埃

一粒有生命的尘埃
尘埃当然有生命
假若尘埃没生命 那
地球和地球上的存在
怎么会有生命一说

一粒会歌唱的尘埃
尘埃当然会歌唱
我的笑 我的哭 我的风暴 我的
思想和我诗意的一切
都是尘埃 一粒尘埃的歌唱

我在这里 从远古开始
一直在这里 而
这里就是远方 就是人们找不着
但总想找的永远 这永远
永远不可抵达

2011.1.6

毛茸

——一个因爱情贩毒犯死罪的少女

听了你的故事
我很难受
不知道是为了什么

为了一个罪犯
为了这个罪犯可怜的父母
为了一朵正在开放马上要被消灭的花儿
为了这朵花好多永远不可能见到的美好
为了那么多学问那么多优秀那么多别人
还没来得及知晓的关于这朵花的生命的
其他

不知道为了什么
我很难受
听了你的故事 看见那么多关切你的眼睛

为了你的淡然 你的天真
你的没有丁点罪犯气息的
言谈
你正在艰难度过的最后的
日子
你的死刑 毛苒

2011.3.15

临界

不是烦躁 也不是伤心
不是后悔 也不是埋怨
不是思念 也不是歉疚

是惆怅么 是忧虑么 要不 是等待
被
一种不安缠绕着
说不清道不白地 想点燃 又想熄灭

拿起 又放下
放下 又拿起
说是有心吧 却轻飘飘的
不知要飘到哪里去
说是无心吧 又沉甸甸的
放在哪儿也不合适

写出这些 觉得很对不起诗歌
诗歌却说 只怕是有朵花儿要开

2011.3.29

这样读现代诗

仿佛一个意象
仿佛一段哲理
仿佛一片风景
仿佛一页故事

意象里的哲理和哲理里的风景
风景里的故事和故事里的意象

还要什么呢 构成一种诗意的穿透

意象 风景 哲理 故事
没有因果 互为因果
像万花筒里的彩色碎梦
扑进诗里 飞出诗外

无数各种互不相干的
风马牛 不断地演变 组合 搅拌
诗意地表达
人与万类的生活 思考与梦想

一切时空 一切有无
都可入诗 出诗 成诗

2011.5.4

慢点

我是不是应该慢点
慢点
他当年如果慢点
也许不会走那么快

怎么慢呢
时间慢还是快呢
跟时间一样就可以了吧

时间
并不匆忙
也不怠慢

给每个人都留下了好多
空白

2011.12.3

中国油画画什么

我的
中国油画画什么
画
凝重的命题
多层面的思考
铿锵的交响

现代舞
和古人 特别是殷商艺术家的
梦

像青铜器一样的追索与不言
三星堆的造型搅拌着长沙铜官的奇诡
窑变
与马王堆的随想

还有
比春燕轻的晨曦
比秋霜重的雷暴

还有唐诗里唐温如那意境绝妙的诗情
满船清梦压星河

2012.1.12

从毁灭后的灰烬里

当一切 都被毁灭之后
一些不屈的灵魂
却在重构

我看见这灰烬的
重构
也不顾一切地
飞
扑上去

灰烬
真的可以变成水泥钢筋和
众多的构建材料吗

灰烬
我看见了里边的芦苇
青铜器和奴隶们极简陋的武器
是的
它们变成了灰烬

但是 凤凰涅槃呢 你没听说过吗

2012.2.16

和亲爱的昌耀、一禾

经过
如果还有时间说经过
多少艰难的跋涉与蹉跎
一次非常的偶然才撞见了他们
心仪了整整一生的
寻找了整整一生的
构思了整整一生的
热爱了整整一生的
挚友

假如历史允我有这样的资格
假如我的诗作有这样的幸运
假如我的心血有这样的恒温
这旷古不冷的年轻
我会站出来的
把我的创意高声地诵读
诵读给我同龄的伙伴
我会站出来
像一面有弹洞的旗帜
忘死忘命地站出来
让飘扬成为我生命绝代长歌
叱咤和我一起嘹亮的山水日月
狂草和我一起抖擞的心灵交响

不
我不 我当然
不会低下我高贵的头颅

我是一个不懂屈服为何的中国诗人 中国作曲家

谁 听得懂我的音乐
谁
又能和我的音乐一起驰骋
谁
也和我一样不悔地向世界宣告
我
是一支脆弱的洞庭芦苇
我
更是一支没有抵达的悲怆飞矢

和我的中国一起脆弱一起歌吟一起梦幻
一起理想

只有出发 一次次地出发 出发 出发

2012.4.8

没有了诗歌　我是谁

没有了诗歌　我是谁
或者说
我不写诗歌　我是谁

我可能就是一架
好久好久也不作声的钢琴

或者　是藏在高阁的一支古箫
让深情的月色一夜夜白白流淌

再不
像一垛没有一个音符的总谱纸
想着那架
失落在鲍家街中央音乐学院的
从漂洋过海到死无完尸的外国
巨大管风琴

只有为她掉泪的份儿

我的呼吸呢　我的心跳呢
我的那么多的日子呢
真的忍心让它们白活吗

2012.4.14

突然安静

突然地
像得了什么命令
所有的小虫子都不叫了

安静
静得星星马上就要掉下来

谁的命令呢
若没人命令
怎么会刚刚还热热闹闹的
夜
一下子变得这么静

荷塘里的蛙常常也会这样
突然地没有了一点儿声音
仿佛有千万双眼睛静静地
望着我

真想
把这突然安静后面的指挥找出来

2012.4.30

橄榄树、胡杨与大苏

在
洛夫　昌耀
后面
走着一个危大苏

他们两位

是大漠里碰见的朋友
兄长
先行者

更是灯塔　和
好远的山峰

长青的树　橄榄树和胡杨
特别心静的
大
树

2012.4.30

相处

随便一碰
掉下来的粉末都是文学
至于说话
那是开春的河

不是对话
是风云日常　水石碰撞

远远近近
荡漾春风　来去
极散漫极随意

脱口而出
无遮无拦　并不是所有的
马都关得住的

我
就是那匹关不住的野
马

不能不相信一见钟情　谁与谁
一见钟情　不以个人意志为转移

2012.5.8

诗是什么

诗 是什么
诗 是一种反叛
对现实的反叛

现实是什么
现实常常是对历史的反叛

那么
诗 不就又回到历史了吗

不 不会

诗
站在历史巨岩上
看着眼前的一切
说自己的感受

听也好不听也罢
诗
要说 像永远不会消失的

闪电

2012.6.1

我的孤独

我的孤独　不是一般的孤独
我的孤独　是一只小船的孤独

看不见也听不见同行者
哪怕是一丝不动声色的风

把一整个森林都打成这只船吧
它能驮起我的孤独吗

在岸上和在水上感觉是不一样的
水上的一切　随时都可以被掀翻

呢喃　谁的　谁在说　谁在听
碰撞

为什么而撞
每一缕疼痛都应有来由啊

一个孩子的成长要经历多少孤独
让我的孤独来回答吧

2012.6.1

哲学蜻蜓与命运微积分的流浪

有时　站在这个点上
有时　又站在那个点上
流浪的心灵
如蜻蜓匆忙于南北西东

树梢小船　云里岸边　闪电遗忘的角落
不是家园更是家园的一个个点
温暖着呵护着
风里雨里冥想的乳燕呢喃

丢了　它就永远不回来
不丢　它也许可以成就一番传奇断章
飞在这个点上　与
飞去那个点的途中　都一样一样

生命中有许多不可知的点
不是每一处都可以抵达
每一个点都有自己独特的气场
而气场不日又转换成另一种气象

喝点水吧　水可以让我们梦醒
水　更可以让我们远行

2012.9.2

谁

谁
真正知晓炼狱里的那个魂灵的苦痛之深之切
谁
又能说透凯旋的队伍那快乐精灵午后的忧伤

化作青烟飞天当然惬意 但留在人间世上的
无垠念想
由谁来买单 谁来抚摸 谁来断句 谁来祭奠

谁

要不是一把火烧了过去
或更准确地说
把该烧的全烧了
你会有现在的坚强与自在

总在那里飘
若隐若现地 一句半句地
让人想起

这样的诗 应该放在更该放的地方

2012.9.21

断想　那可是拿命换来的啊

有的声音就是信息
有的安静也是信息
子弹飞的时候
只有风才知道它在说什么

不要看不起落花流水
意象的落花流水　有好多内涵
我们根本不会知晓

枯的过程　就是四季
枯的每一个细节里都有浓浓的
思念与挂牵

卷起一张纸　丢弃
无声息不等于它不会抗议
脆裂　是一场暴动
琥珀　却是一种永恒的妥协与
和解

好多宝贝与断想　那可是拿命换来的啊

2012.10.28

自在　何必一定要万般

有曰　一念放下　万般自在
可我　这一念还就是放不下
可又非常想万般自在

怎么办呢

让鸟儿放下飞翔
让浪花放下冲锋
让种子放下发芽
这不是要命么
它们

能放得下吗

可上苍 究竟要我放下什么呢

音乐 美术 诗歌
还有 还有 还有

有时 在不得已的时候
戴着镣铐跳舞 甚至不跳舞 和镣铐一起沉默
难道不也是一种自在吗
何必一定要万般

　　　　　　　　2012.12.10

铁丝网

铁丝网的每一根铁丝
都是被强力扭曲的
他们每一根都反抗过
用全身的力反抗
他们弄不明白为什么 被纠结在一起
成为一种名叫阻挡的纠结

看见过为自由拼死的战士
也看见过为钱财走险的歹徒
小鸟掠过 把心惊肉跳丢在他们身边
风儿穿过 一点儿也不觉得什么叫拦劫

当电流通过
所有的铁丝都会惊呼
不不不
不要让我们杀人

铁丝网 散架的那天
他们都僵硬着

自由
还听见他们被扭曲时的饮泣与呐喊

2012.12.11

岁月 小鸟（外一首）

你怎么会知道一只小鸟
来日 会变成一位花腔女高音
但 唱出的不是歌
而是飞雪红梅的摇曳祝福

更怎么会知道一件件大唐彩瓷
千年之后会这样自豪地端坐
富丽堂皇的长沙窑展馆
接受世界的朝拜访问与感叹

真的 我怎么会知道
那个在池塘边的小女孩儿
几十年后会突然出现在面前
一次次地说 桃花仑 桃花仑
我怎么那么小

岁月 设宴招待每一个人的时候
并不刻意等待
没来的会来 来了的该走才会走
她的客气 宽容也认真
谁挡住了你 耽误了你 去找
但请不要责怪时间 不要

2013.1.27

在灰烬中寻找

在灰烬中寻找
想找出遗落的惊叹
或者
告别生命前的舞痕
都没找到
也许
有人提前拣走了吧

不相信
叹息的气场会那样短暂
也不相信
死亡可以挡住信念的飞翔
更不相信
所有被称作崇高的一切
转眼会变成有奶便是娘的东西
在灰烬里寻找　寻找现代舞的余温与
脉动
在灰烬里寻找　寻找现代诗的张力与
意象
在灰烬里寻找　寻找心灵庭院　旷野
深处　烧不尽的野火

2013.3.26

黛墨 血液里的审美涟漪或凋落

与其说我在凝神水潭
不如说是我的心灵之水面
在展览她的思绪波澜

很安静的沉默 吸引
血液里的审美跟着这安静
沉到很深很深的地方 醒着梦着
飘进一种怎么想都想不到的静谧境界

把我画出来吧
这个轻得像远古的命令或请求
直至多年后才兑现凋落成
一幅油画棒画

墨绿铺满画面 变形的树和
她们在水中更加变形的曲线婆娑
构成一湾别致难觅的恬静 可能
只有黛墨才能表达

若没有自己在水潭边的冥想
世上绝不会出现一张这样的画作

2013.4.3

狼的梦

一匹狼　睡着
我在狼的梦里阅读聆听

妈妈　不要急着把我赶走
还有半句话您未说完

那些血的碎片
那些黑的穿越
就是我们的一生吗

那如花绽放的雪崩
也是血　样殷红的苍茫
也是黑　得不可见人的仲夏
突然
闪亮的天狼星
不也属于我们的蹒跚坎坷
不也流淌
在我们和人一样的心灵深谷

还有那只奄奄一息的鹰
为什么要将那块本属于它的美味
留给也是奄奄一息的您

2013.4.7

苹果和我

我吃着一个苹果
苹果慢慢地不见了

我也
慢慢地不见了

怎么是我吃着苹果呢
明明是苹果带走了我呀

苹果剩下了一个
核 那是一整个春天啊

我呢
剩下了什么

2013.4.25

光明也会老

走进一个院子 没有人
再走进一个院子 还是没有人
原来热闹的小村
白天和夜晚一样 看不见什么人
都打工去了
只剩下老小
一双双好像安静但并不安宁的眼睛
当年的小水电站
水还在哗哗地流淌

野草把整个电站包围
摇曳着一种喧嚣荒蛮的占领

光明也成了一种多余

村口老槐树
与斑驳但风韵犹存的百年戏台
空荡荡地默默眺望

光明　也会老
光明也会老吗

2013.4.26

那一片无名无姓的金色秋野

总是被那满坡满地的野草挽留
好大一片金黄的秋天

走过时并没在意
过去了这么久却常常想起

野草　像无数倒地的士兵
是否还有挂牵已不重要
重要的是战场已赫然进入历史
活着的与牺牲的都在被清风传唱
为一种意义

野草等待
大地等待
被不知什么掏空了的
岁月 也在等待

我 被一种美好感动
这万千无名无姓的生命倒下
让我看见了一种力量
即使这力量不被任何审美发现
我也想让她多一点时间长留天地人间

2013.5.6

长风与枯荷

未知世界　是这样魅力无穷地召唤着
生命
像永无穷尽的自由长风
轻抚
已奄奄一息的枯荷

小妞　敢吗
敢再一次跃起
孕育与青春一回
绽放你从没想过的勇敢
让我们再一次亲睹你的美丽

小妞沉默着

她的心里
其实早已悄悄地开始了一种绽放

生与死
问与答

风雨
呢喃

2013.5.18

生命　就是一种批评

我是一只沉睡了多年的青铜编钟
被吵醒了　看见了好多
新的旧的　我不说

我不是文物　我是生命
生命　是不会变成文物的

我是矿石铸造的
但我也是和一片绿叶一样的生命载体

是的　我会以我醒来的生命
来看这个世界
我会毫不客气地批评今后
因为　我和你们一样是
生命

生命　就是一种批评

2013.5.25

一个孩子在捡拾

冥冥之中　我感觉有一个身影在奋飞

那不是我　却仿佛是我

我的儿子　先辈　我的祖国

有一个孩子在捡拾

不是捡拾历史碎片

也不是收集未来的种子

但

绝对是在捡拾

捡拾

一种可以与时空同步的

类似信念与理想的

实在

这实在

是不是一种只属于中国的红尘呢

红尘里

一个生命在不顾一切地前行

追逐日月星辰

每分每秒都在蜕皮

2013.6.20

松手与打碎

一松手
手里的碟子就会打碎

生活中
这样的松手和打碎时有发生

你怎么知道你不是那只手呢
你又怎么知道你不是那只碟呢

出车祸的司机就是这只手
受伤或死去的乘客就是这只碟

阅卷的老师就是这只手
因评审失误而落榜的高考生就是这只碟

望着博物馆那么多精美的无价国宝
我看见好多只别人看不见的手

就是这一双双不问使命却很认真的手啊
让中华民族在美丽星球放射出别人没有的夺目光芒

2013.7.2

血雨

雨中
妈妈教孩子 雨 雨 雨
这是雨
天上掉下来的雨
自闭的孩子无动于衷
歪着头呆看远方

妈妈切菜弄破了手指
血
一滴滴掉下
孩子看见了欢叫
雨 雨 雨 天上的雨

妈妈听见了孩子
五年来开口的第一句话
把滴血的手
高高举起
妈妈的泪水和血
一滴一滴掉下来
说得好　孩子
雨雨雨　天上的雨　天上的雨
雨　雨　雨

2013.7.8

诗与大提琴

读诗的时候
想起大提琴
结果
诗不见了

听大提琴时
想起了诗
诗
却　又不见了

大提琴还在

2013.7.22

生命的叹息　有时比意义更久远

不是每一个生命都清楚自己的意义
没有弄清意义的生命　有时
却冷不丁地飘出一种诗意

一只小鸟　浴血的小鸟　一个殷红的惊叹号

至死没弄清世上为什么要有屠杀
但她温暖的血
救活了一个蚂蚁家族
在那个神秘的王国
只差没升起小鸟的旗帜
感谢飘飞　比意义更久远
干渴的荒原上
复活了一支队伍　千军万马

烈焰吞噬了黄花梨木的倔强
岁月淹没了千年胡杨的高亢
穿山甲收拾了一群弱小日夜的奔波劳顿
羊皮筏珍藏了好多无人听见的悲怆交响

月色凄美的茶水里　听得见　很轻很轻的
叹息　好多春芽

2013.7.29

一个不好理解的时代

是的
这是一个不好理解的时代
为什么
因为没理

没理 理不存在 怎么解呢

有命 活生生的生命
生命是能够穿透一切的

你们
就是一种穿透
穿透时间与空间的灵魂

把无理展览出来
让所有的人自己看 自己想
自己结论

不好理解居然能纠结成一个时代
有时 无生命的东西比有生命还厉害
历史
也许也难理解这种不可思议的存在

2013.8.7

我的蓝眼睛

没有一次经过你我会闭目而去或无动于衷
没有一次从你身边走过我不浮想联翩 血脉贲张

不管你是浊浪排空还是漫江碧透
不管你是心静如冰或是迅如脱兔

湘江
我的亲爱
何日不在我心上流过
除非
我的艺术生命永诀

在《第四十一》里
玛柳特卡打死了心爱的敌军军官后
在汹涌大海的波涛里
抱吻着爱人大呼

我的蓝眼睛啊 我的蓝眼睛

湘江 我喊你什么呢

2013.8.8

历史的叠加

在世界上的某个地方
历史好像不是客观存在的
历史要靠艰难的发现
才能看见历史的本来

因为那里的历史
常常被抄检被藏匿被销毁被涂改
有人让这被藏匿的历史重见天日
称为历史的叠加
啊
幸亏大树和小草　幸亏大自然
没有这样的遭遇

当然 我更想知道这种被藏匿
会不会也有一种痛感
会不会也曾流下苦涩的泪水
会不会也有对自由的渴望

在世界的那个地方
历史遭遇的尴尬 忍受的苦难
我们究竟知晓多少

历史总会告诉我们的 我相信

2013.8.25

一只伤痕累累的瓷盘

一只伤痕累累的瓷盘
它的伤　让我想起瓷盘的坚忍与无奈
也想起小时候看见过的锔碗

破成几块的瓷碗
居然可以通过手艺用锔钉补好
居然滴水不漏
几条地图上河流一样的黑线
和一颗颗铜光闪闪的小锔钉
组成一幅神秘的星象图

今天想想
那手艺的价值与一个碗 一个破碗的价
该是一套房子与一处工棚的比价吧
就冲着这种天地之价比
也该向铜碗工匠致意
也该向历史的风景致意

铜碗 补伞 修鞋等诸多民间手工艺匠远去了
不见了
到底什么是穷 什么是富

2013.9.4

秋荷

我又看见了你

花 是没有了
只存一片片弯弯曲曲的碧绿

香 还在
当然是看不见的
飘得很远 舞得 很轻

我的思绪在田田碧绿的
无数弯曲上 奔跑
跳荡

一颗颗秋的雨粒
绊着我 绊着我 绊着我

那是你 对我 无言的挽留
这挽留 一直留到片片青灰 前赴后继
被火烤焦一样
枯去

2013.9.6

不要随便说不可能

常为那些也许终生见不到阳光的角落
遗憾
而这些角落却回复我说
我们为那些天天沐浴阳光而无知觉的
事物
难过

世上总有难以预料的奇迹早早晚晚要
出现

比如
我刚刚看见的一面几乎从哪个角度也
无法窥见阳光的天花板
居然
阳光梦一样地与之亲吻
并
映画出一幅酷似宋代山水画的风雪图

不要随便说不可能吧
生命的不可穷尽其实每时每刻都在警
醒我们

2013.10.12

书的跌落

书
掉下来的时候
很惨
像鸟儿 受伤后流着血
落下的鸟儿的
飞

直直地掉下
沉重地
落地

想接
根本接不住 只有血最后的飞溅

真的想向书里边的思想
道歉

思想本属于宁静与深邃
跌落
永远不属于思想

思想是一群又一群不死鸟

2013.11.4

我绝不是唯一

我
是一粒音符
被埋了好多年
却总也埋不死的音符

因为没开始
所以也不结束

一般作曲家不一定
可以捕捉到我
因为
我自己会作曲

我寻找会作曲的音符
好多年了 找不到
但我不相信这样的现实

我绝不是唯一

埋 有开始就会有完结 而被埋 却常常从根本上一无
所有 一无所有常常就是一种原始的独立与自由

——大苏 2013.11.6

下　卷

雪

梦

荷

香

九

十

五

首

生命　需要一种锻打

召唤
像美丽女神
在心里　在前方　在时间空间的梦里
闪亮

召唤　一种不可抗拒　一种无穷涌动
让　每一个生命都抑制不住
甚至
和生命共着同一节奏
前行

为什么来到世上
为什么不停地追求
为什么有勇敢与怯懦　坚定与背叛

生命
不都是纯洁高尚　不
她
需要一种锻打

2014.2.8

一个人在地里干活很安静

一个人在地里干活很安静
这安静很有意思
一边干活可以一边想事
这想事也很有意思

这时候没有笔
过去就过去了
过去了的思想也不会再回来
那些思想也非常有意思

一个人在地里干活
听得见花儿说话
听得见水和泥土聊天
听得见白云和风的争吵

看得见小刺猬突然地出现
又突然地消失

一个人在地里干活的那种安静
可惜没有人记下来

2014.2.11

生命的准备

我捡了许多树枝
我不想让它们变成柴火
我要让它们变成一种意义
一种可以让更多的人知晓的意义

我要让它们变成白纸
然后
在这一页页纸上写下诗
让这些诗
飞得很远很远

我看见了它们的欢笑
听见它们在远方对我的谢谢

我说 别谢我
谢你们自己吧
不是每一截树枝都可以成为白纸的

也不是每一张白纸都能被写上诗
这些 都需要一种准备
生命的准备

2014.2.16

响

放久了的琴
夜深人静时
忽地会飞出一声响
这响
震醒灵感
更多的时候
这响
会被其他什么淹没
仿佛从来都没发生过

安静
再安静的世界
也总会有点儿什么响动
只是
早晚而已

这响 也许是叹息 也许是呻吟 也许是梦呓
也许是念想 也许是碰撞或抚摸
也许什么都不是
只是一声 空空的
响

2014.3.29

想念正雕刻一种现实

即便他什么也不说
就那么坐着
也值得珍惜
谁可替代他在这儿坐着

即便他从没来过
只要电话响了
也值得珍惜
那电波
可是由于他的手指才会飞到这里

即便他根本不存在
就想象着他抵达
也值得珍惜
那虚幻
是基于他日常所为而发生

想念也雕刻一种现实

想念正雕刻一种现实

2016.4.19

春天是我们的

每一片雪花每一缕清风每一粒种子每一滴泪水
每一抔泥土每一个音符每一张考卷每一行思绪
集合　集合　集合

春天是我们的

这是诗一样的语言
这是诗一样的宣告
这是诗一样的自白
这是诗一样的旗帜

在吟诵　在报告　在回味　在飞扬

春天是我们的
我们是春天的
我们　就是春天

我们拥有的　敌人不可能拥有
我们没有的　敌人也不可能拥有

夜深人静　我常常问自己　会有一天　再也没有敌人吗

2014.4.27

钧瓷

烧瓷
烧出来后
有缝　才是钧瓷
无缝只是瓷

个中原委
仿佛只有天知晓
没开裂不是钧瓷
有裂　炸开了
也成不了钧瓷

这
不开　开　不炸
三种境况
多么像一个完整的人

2014.4.30

你

你
生来就是一种开放

你
生来就是一种前进

黑暗　喜欢开门
开门就见着了光明

谁不想回家
太阳都想回家

回到家里干什么
亲吻黑暗

天亮了
又出发

2014.4.30

啊　这样的上帝

上帝在想　不行　人太聪明了
不让他们死去
他们会把这世界搞成什么样子

上帝更怕其他生命也会像人类一样聪明
于是
上帝让每一个生命都只有一次
且　谁也不知道这唯一的一次
何时结束

上帝赐死是让你懂得什么叫绝望
不告诉你死期　是让你总有希望

人　怕这些吗
不怕　他们用火用石用水用木
用不怕死的思想
在短暂的一次生命中　创造

这无尽的创造让我们的世界
越来越美好
而这不死的美
就是人类对死亡最好的回答

2014.5.3

一个人舞出一片大海

为望不到边的芦苇
拍了一幅大特写

油画 木刻 铜版画 汉代砖刻

冥想的幽蓝
沉思的青郁

很想那幽蓝青郁中间跃起
一位
现代舞者
一个人独自表现一片大海

铺天盖地的幽蓝青郁中飞出
一支芦苇
一个人真的舞出了一片大海

青光 金光 红光 晨曦逆光里的
现代舞啊 回旋 飘冉

冥想幽蓝 沉思青郁

2014.5.6

亲吻

那种钢琴独奏
让你记不起世上所有的钢琴家

听见的
只有
时间　坦克
坦克　时间

不是钢铁的
也不是鲜花的

是生命的坦克
在时间的生命里
铿锵　流淌

奏鸣

2014.5.6

这不仅仅是哲学　也不完全是生活

我向你打开大门
但这种打开
常常以封闭的形式

你对世界关着自己
但这种关闭
常常以打开的架势

我
在这儿可以是音乐
你
也可以是任何其他艺术

河流是开放的
但她也不时地拒绝
深山是沉默的
但他也日夜在讲述

听见看见与想见
各司其职　可千万不要懈怠
稍不留心
现在就不是现在　我就不是我了

2014.6.2

每个人都向往自己未到过的地方

——站在今天

我想知道自己的愤怒
现在抵达了哪里
我也想知道我的宽容
准备在哪儿生火露营

我还想听见
我年轻的日记散落在何处
我更想听见
我旷远茫茫的心事淹没了哪一片广场

我的音乐呢

怎么还在弹洞的长河里瞌睡
我的绘画
怎么还没买到早就该到手的车票

我天真悲怆的理想
还在血红的云巅盘旋吗
我那比灰烬还要坚忍的信念
为什么不好意思摇起电闪雷鸣的双桨

今夜小船　告诉我
你会泊在此岸还是彼岸的哪一个乐章

2014.6.4

战马

——看美国电影《战马》

世界大战
一匹战马 英国战马 在战场最前线
被铁丝网困住 拼死挣扎
交战双方的英国和德军士兵
在各自的战壕掩体里用潜望镜
发现了它
一名英国士兵举着小白布条
冒着德军冷枪的危险
前去解救战马
可等他走近战马却发现

自己什么工具也没带

一位德军士兵拿着钳子爬出战壕

把铁钳递给英国士兵

可一把钳子不够啊

从德军战壕里飞出五六把钳子

战马得救了 跟谁回去呢

德军士兵说 我出的钳子 该让马跟我回去

英国士兵说没看见吗 这是一匹纯种英国马

两人最后抛硬币达成协议 马归祖国

德军士兵把一双德国铁钳送给英国士兵

英国士兵说 好 我会用它们整理我家的花园

2014.6.5 凌晨

脱落

脱落
是不是一种完结
一种解放
一种掉队 失联
甚或是一种自由 涅槃

果子熟了 叶子黄了
孩子长大了 小溪的水跳进了大江
冲天的火箭离开了卫星
万千雨点吻别了厚厚的乌云
一股清气
从出土古埙里飞将出来 还有千年胡杨的倒下

世上的每一次分开 离殇
都有一个故事
脱落
可也是其中的精彩

2014.6.5

太阳　可是一位逃者

跑　属于自己
逃　参与了他意志

我莫名地感觉
太阳　就是一位逃者

跑　是自由
逃跑　是被迫

逃跑着的　并不一定知道追者
但
肯定知道自己为什么逃

太阳　就是一位这样的逃者

只是
太阳他一边逃 一边在烧着自己
他是在还什么债吗
他
这样还债
非常精彩 非常壮丽

但 因为是逃
也是一种莫名万世的
悲怆

大家让开 让开 让开
让太阳升起来吧
让壮丽的穿越
和悲怆的燃烧
走在我们前面吧

让他先走
谁是他　先知先觉风雨闪电的他
是应该给其
让路的

让我先走
谁是我　有见地有思想疼痛的我
是应该挺身而出
万死不辞的

哪个民族这样做了
哪个民族就可能走在世界历史的
前头

太阳　你真的是一位逃者吗

2014.6.11

致桂林

桂林啊
你以你的山水等着
什么呢
等人醒来

醒来了么
真的起来了又何必梦呢

山水
和时间一样
只一个劲儿地悄悄望着我们
不言语
不表情

可是　谁敢说你不风景

2014.6.12

法国诗人阿尔维斯

法国诗人阿尔维斯要死了
身旁的修女喊叫着寻找他的物品

诗人听见修女说错了几个字音
硬撑着最后的生命为她纠正

用生命的认真延缓死亡的到来

是的
诗人要走了
临走
他也不愿听见世界的任何不认真
哪怕是半句对白　三两词汇

这痛苦的认真
和认真的痛苦
让生命变得那样光亮闪闪

2014.6.28

抚摸

我做过很多梦
长夜的 白日的 杜撰的
我也有过无数次设想
为了这种
美好

我不希望这种美好
被亵渎 被误解 被拒绝
我只想一次成功

找谁呢
找我喜欢的人
喜欢我的人

我终于这样做了
我们终于这样做了
我喜欢的人
把我的全部都看了 都
抚摸了

在这美好的过程里 我们两个人都只讲了一句话
他说 我不会偷袭的
我说 偷袭珍珠港吗

2014.7.5

狗听见狼叫

说出红梅这个词时　我怕她　疼——题记
狗　听见狼叫的时候
它　想起了什么

它想起了它还不是狗的时候

那是什么时候
是世上只有狼　却没有谁知道
什么是狗的
时候

唉　谁会想得到　有的
狼　居然会降于万恶的人　最后
竟　成了人的朋友

而这以后　世界发生了多少从前
没有狗的
从前
根本不可能发生的事情

姑娘
怎么就变成了　梅花　呢

2014.7.13

小姑娘

你
就是那个挎着小竹篮
在队伍边上跑的
小姑娘吧

你
没听过炮弹的呼啸吧

你
是春天生的
要看上雪花
还要等三个季节

你
数过子弹吗
没有吧

子弹 怎么会知道四季啊

2014.8.14

地方　耳朵　嘴巴

是耳朵创造了嘴巴——张枣
有的地方
是永远不能去的

有的地方
即使用了很大的力气去了
也是要出来的

有的地方
即便有了通行证
也只能短暂地光顾一下

有的地方
顶多可以看一看
因为　那不属于你

不去就不去吧

一个嘴巴不能对一个嘴巴说话
每个嘴巴都需要一个耳朵

你知道这个耳朵是什么吗

2014.9.9

花香

有一种花香是严肃的庄重的
像冷美人
不可侵犯
不可亵玩

这种花香属于现代诗生命
这种花香是我崇尚的一种境界

青莲之香 金桂之香 白兰之香
兰草之香
都含在这种花香内
还有吗 还有
但
不会有很多

在我的书柜里
我珍藏着污泥一样浓黑的昨日莲蓬
常常 我深深地走进去 走进去
去拜访 去念想 去呼吸那样一种
黑夜花香
千年万年不会消逝的
生命暗香

                    2014.9.10

石头也是好听的音乐

艺术里的蹒跚是一种美

极其认真的现实
比不上随心所欲的
浪漫

流水　流云
大船橹桨上一滴一滴
正滴下的水
珠
那都是好听的音乐

还有风吹的柳条
和月色一起飞飘的蒲公英　芦花

就不能是石头吗
一块块仿佛永远不会开口的石头
都是
好听的音乐啊

只要你会听

2014.9.21

和黑天鹅有关的题记

当我想到一位诗人的那一瞬
我明白马上有一首诗会要
诞生
看见了
看见了第一朵雪花
一整个冬天开始降落
这第一朵雪花
就是料峭冰寒的第一个字母
第一笔画
马上就会有一首好听的诗
诞生

文学不能说的让音乐来吧

世上有很多事　不是一两句话说得清楚
局限
在大自然里和人间都给历史给生命
出一些不大不小的
难题
大自然的局限
人的局限
其实质是悲剧性的　是一个永恒

2014.9.24

琴魂

水里的音乐和岸上的音乐
春天的音乐和冬天的音乐
总谱的音乐和交响的音乐
历史的音乐和未来的音乐
都不是一样的

海蓝　黛青　鹅黄　玉白
铁灰　金黄　青铜　丹霞

每一种音乐就是她自己
作曲家就更是他自己了

沉船上的小提琴也许再不会开口
时间的海水和海水的时间
让她沉默了
这沉默　也许会是一个永恒
可是琴魂不会

不会
这也是一个永恒

2014.9.25

徘徊

徘徊于老屋　前前后后
其实　树都看见了
只是不语
只是沉默
至多添几声唰唰感慨
并不动地惊天

徘徊无处
有多少老屋不再
树
更是无影残痕

风雨亭
像早已远去的更夫
并没有手里家什
心里却听见风声雨声　阴晴敲打三更五更

谁家娃儿气足力壮
哭着喊着
一直一直　而后也徘徊不
再而后呢

2014.10.4

方便　太轻点儿了吧

假如有一天
签名笔里的墨水
集体罢工

安安静静的地球
会一下子喧闹起来吗
不会
书写并不只靠笔在拓展

但会
很不方便

谁追问过河床干涸之后
出现过哪些不方便
特别是
那曾经满河的鱼儿

方便　太轻点儿了吧

2014.10.9

文字

文字的诞生
是集体更是个体创作
我不相信 每一个字的出生
是什么集体创作
但是我惊叹
每一个字的被认可 要冲破多少藩篱阻隔
甚至历史的千山万水
冒着随时都可被冷枪夺命的危险
最终
要被各色人物同意
且心悦诚服
几多不易

这种千山万水的阻隔
常常是看不见摸不着的
也常常面对要命之险却浑然不觉

尤其是那些既不象形又不象声的字
一次抽象后再次抽象的多层抽象之
后
才有了今天我们见到的字
也许一直会生命到底的字

2014.10.19

鬼狐　奏鸣曲无乐章

我不怕鬼
甚至有点儿喜欢某些鬼
聊斋里的狐仙和鬼
那是先辈对善良的绵长愿景

所有关于鬼的拓展求索
都是一种借代
在人间不可的
在鬼世无所不能
苦难深重的灵魂　冲破生的束缚
奔向死的自由
借这块阎王宝岛歇息宽余一下
瞭望一下大海天空
完全可以理解

童话　神话　汇想象之大成的
想象的流星雨
从遥远的地球之外一次又一次地亲切掠过
带来和带去多少想不出道不尽的疼痛向往
只是太虚空太短暂
哪一份安慰不是这样虚虚实实地陪伴人生
还要怎样呢

2014.10.20

谁听见她形单影只的叫喊

一只鸟
站在冰冷雪亮的刺刀尖上

张着大嘴　拼命地大叫
可谁也听不见她的声音

她是哑巴吗
她在撒谎吗
为什么　为什么听不见她的叫喊

风的叫喊你听得见
有时也听不见
树的草的花的叫喊
谁
听得见

历朝历代　那么多强者与弱者的
叫喊
你都听见了吗

八千里路云和月啊

2014.11.7

那叹息　不是每个生命都听得见

舀米时
不小心掉了几粒米
小心地将米粒捡起来
并不是想起了　锄禾日当午

是觉得不要枉费了米粒的
成长

面对病痛　面对虫咬　面对鸟啄　面对
风霜雨露

为了什么　为了支撑生命

是的　那一瞬
我是听见了米粒的叹息　而

那叹息　不是每个生命都听得见的

2014.12.2

孤信不飞

——从湘西天问台归来

这封刚刚写完的信
想飞去
可是又担心寄不到

就像契诃夫笔下凡卡的那封信
永远到不了爷爷手里

还有比我更悲催的吗

假如历史出面主编一本

没寄出没收到的信全集
集天下有人以后岁月的
孤信

该是一种怎样的色调和场面

不 我不想那么多
我真的不想成为一封
孤信

什么是孤信 你真的明白不

2014.12.6

看见她　从人群中走出来

是的　看见她一次又一次地
从人群中走出来

长长的衣裙　几乎拖地
洁白的衣领　像雪山冰峰般耀眼
不是公主　不是女王

看见她　急匆匆地过街
街上没有现在的汽车　也没有当年的
马车
只有树叶
金黄铺满大地　阳光铺满大地

看见她
从深深的庭院里走出来
春天的气息　秋天的果香
夏日的酷热　冬夜的寂静

跟她
一起　一起　走出来　走出来　走出来

2014.12.21

红杏灼灼　红杏灼灼

那是火
那是红墙
那是庭院深深

那是书
狂草迅疾　天地纷飞

那是墨
行云流水　荡气回肠

收不住的雷电

屏息抚琴
冥想炸裂
万千音律集结

沐浴星闪流光

万物寂静　等待
八千里路　远方
滚滚红尘

2014.12.23

书

是谁 是哪些人
把书 设计成这样
最妙的是
能打开关上
打开 看得见一个又一个世界
关上 什么都灰飞烟灭

再一次打开
已全然不是原来
那原来 仿佛从未来过
再一次关上
燃尽了的灰烬 居然会烧成
燎原烈火
一只只小红狐狸在自由奔突 了无边际

每一个字句都有自己的
领地
就那样站着 音乐着 舞蹈着
幻变 升腾 远去 回来 生生死死
成为与人类共命运的无尽的
炊烟

2016.3.2

掉落人海的一支钢笔

——旅美诗抄

我　是一支掉落在人海里的钢笔
我　将孤独地死去
就像我孤独地问世
很可惜
我被人捡起
然后
从笔下流淌出好多诗句
但我
仍要说可惜

可惜　我不在人海里死去
可惜　我被捡去延长一种孤独
可惜　彼岸的起死回生　漂洋过海
可惜　成为此岸的红楼苟且

可惜　世上少了一个应该的死亡

我
还会要生命多少时间

2016.3.27

临摹

美术中的临摹
只有美术独有
音乐不可能 音乐要临摹干吗

美术中的临摹
是再现吗 不是
是重复吗 不是
是创作吗 更不是

美术中的临摹
是一棵小树的梦 长大过程的梦
是小河在大地母亲怀里展望明天

更是大夫在给自己看病
或更准确地说
是在检查自己的心与手
有没有可能抵达

抵达一种看得见但不一定摸得着的
美

个中差异 自己最明白

2016.4.1

淬炼与纯度

时间淬炼出一种充分的纯度——安妮宝贝
喜欢这种淬炼与纯度
尤其是这种充分的纯度
这无异于一种煎熬　类似中药的煎熬
也喜欢中医药的模糊
医术居然可以是一番模糊
这要多大的胆识与担当
个中滋味怕不是世人可揣摩的
纯度呢　怕也是模糊的吧
这种模糊的个中哲学
没中文修养是悟不出来的
那是只属于中国的清风明月
甚至
烛影摇红　蕉夜听雨
好一个烛影摇红　好斗胆蕉夜听雨

常常不把自己的文字 视作自己的
当然也不公共
谁的呢 我借上苍 上苍借我
时空不乱倒 即便始末不一 但从不胡来
有点儿像音乐 只有七音十二律 却生出大千世界
睡时不知在哪儿 醒来也不问于何处
摇红的烛影摇出了什么 为什么摇
不重要 要的就是摇
听雨的蕉夜 也不在听见了什么
在没听见的那许许多多 林林总总

很自得是一个中国人 琢磨的中国人 琢磨

2016.4.27

一张被淹死的纸

一张纸被淹死了

本来 它可以完成它的生命 甚至 它的使命
但由于意外 它被淹死了

假如它不被淹死
也许 它能飞上天去 飞好远好远
它能记录文字
一次心跳 甚至 一滴不冷却的泪
直至
记录历史

可由于它的被淹死
这一切
都变成了一种未完成

这张被淹死的纸
捞起来后
堆成一座盆景一样的
珠穆朗玛峰

2016.5.2

琥珀

那真的是一滴雨
从天上掉下来
刚好落在小鸟眼睛里

那是一片雪花
和伙伴们一起 纷纷扬扬
落在第一朵绽放的腊梅花蕾尖上

那也是一滴松油
不偏不倚 硬是
滴在一只正在喊叫的小蚂蚁身上
把它紧紧地裹住

稀罕啊稀罕
真的稀罕是要付出生命的

2016.5.5

渴望远游

在突然割裂的那个断层上
永远留着新鲜的 神秘的伤口
那道割缝像一个只能是天意的完美的杰作
以至于过去的和未来的都不重要
重要的只是那一刹那
边芹 一面沿途漫步的镜子
割裂 断层 新鲜的神秘的伤口
天意的完美杰作 过去的和未来的 一刹那
在边芹短短的论述中
出现这么多让人浮想联翩的意象
而我 真的很喜欢这一群词语
这一群这样赏心悦目的花朵

天意的完美　还是杰作
要多高超的技艺与修养　才能抵达的境界
尤是那　重要的一刹那

一个杰出的诗人　就是天意完美的杰作
更是让人想忘都忘不了的重要的一刹那

期望这样的一刹那　像流星雨一样地
一次次重现
渴望自己也能走进去
和万千不知名的星星一起
远游

2016.5.8

面对彼岸而得

人类所有的形而上学的东西都是面对死亡而得来的
——边芹《一面沿途漫步的镜子》

那　诗歌首当其冲

诗歌就是直面生命终结的产儿
诗人　就应该是面对死亡而不惧的人
死都不怕了
还有什么可怕的

形而上学就是生　就是活
就是生活的东西吗

形而上是天　形而下是地
天地之间站立的　当然应该是
诗人

诗　是倚天的宝剑　是形而上

人呢　灯呢　是形而上还是形而下

2016.5.9

我和姑外孙

——旅美诗抄

我和一个两岁的小女孩儿下楼梯
下面很黑
小女孩儿问我
你怕吗
我不怕 你怕吗
不怕

也是这个小女孩儿
从幼儿园回来
要我陪她上她的房间
换衣服
自己打扮了自己后
我关了灯 和她一起出来
房子里黑了
她又问
你怕黑吗
我不怕黑 你呢
我也不怕

这是在美国的故事

2016.5.27

变成了雨的我

昨夜
忽觉自己成了一滴掉下的雨
幸亏醒来的我
一把接住

浸

坐在茶壶里
热气早就没了
清冷中
有清寂的音符
浸着一汪
冬日

艳遇

又撞见了美
心里非常高兴

是一双亲切的眼睛
是一声突如其来的鸟叫
是一朵正在绽放的小花
天上 云勾着金边
快下雨了

收拢这轻轻的摇曳
和鸣 微笑 还有高天上很远的
清香

和赶雨的摩托
赛跑 回家

在荷花里听见战争

走进大厅就看见了她
有名有姓地　坐在那儿
鲜活得像刚刚还在　讲着什么
眼睛却望着多年前的一道风景
平常
常把人带进许多历史的　非常

原文照录

"大白天，阳光灿烂
一个上千万人口的城市
路上几乎没有行人
也没有车辆　那么　安静
安静得让人突然感到可怕
觉得这种安静中有巨大的震人的声响。"

这位北大老师接着说："没有当时的这种体验，
我也许难以想象那些矛盾的，
互相冲突的东西是如何同时存在的。"

这位老师的记忆真好
他记得这一天是：1989 年 6 月 9 号
他们去告别骆一禾。从北大西门至八宝山

春天

被从冷云里钻出的太阳翻晒的土地冒出的
那气味
望不到头的油菜花金黄与鲜绿交织的
那田野
让年轻的鸭绒和爱情裹得红扑扑的
那笑脸
由五颜六色千奇百魅的风筝装点的
那天空
总觉得好多事要做总觉得忙不赢的
那心情
迷迷蒙蒙羞羞答答不敢轻易飞吻青山的
那毛雨
在红花草和布谷鸟主持的音乐会上
小蝌蚪童声无伴奏合唱的
那首歌

柴可夫斯基第一钢琴协奏曲汹涌飘扬的
那样一种不可战胜的
澎湃

为滴水的红衬衫高兴

不　不要再等待了
那一道无须任何命令的闪电

是的　不要再等待了
在地底奔突了那么久的岩浆

多好啊　从此不再等待
自己做的事自己来负责　来策划　来实施

像那件正在滴水的红衬衫
什么时候不滴水了　干了　是它自个儿的事

这就是自由啊　盼了好久的自由
一朝出现　觉得这样突然

当然想遇见一双双自由的眼睛
在阳光灿烂的大街上　田野上

听这些眼睛纵情地无拘束地歌唱

那件还在滴水的
红衬衫

是我

青青的爬山虎把一整面墙爬成了春天
那一片想说什么的小叶子　是我

漫天的乌云把一个星期五弄哭了
想飞的那一滴泪　是我

无语的石头把山冻成了冬季
不愿凉的那颗沙子　是我

忧忧的音符把新总谱浸湿了
在场的那把栗色小提琴　是我

一塘枯荷把冥想的晨昏刻成一幅铜版画
还在摇曳的半枝残蓬　是我

弯弯的石巷把都市的思绪缠绕成黛色的山路
拐角一片光亮的青石板　是我

涛声不倦的古峡把一颗颗流浪的心灵拥抱
那清茶两杯的孤亭　是我

坦克与历史

在柏林的提尔公园附近
苏军纪念碑旁边
有一辆据称是最先开进柏林的坦克

这些年 不知它在想些什么

没有自信
就不要进入历史

红气球

常常想起那在城市上空
飞过的红气球
想起那部法国电影

一群孩子从始至终
跟着红气球
在城市的大街小巷跑

仿佛生命的红气球
和孩子们一起
度过一段非常好玩的时光

城市　绿荫　遗址　新屋
气球　天空　孩子　气球
欢乐　美丽　古老　漂亮

最后　红气球落下来了
皱了　扁了　红气球没气了
孩子们的笑声也没了

明天　明天还会有红气球吗

致

——用明白无误的文字 写出朦胧 是一种幸福

写一首曲子 钢琴独奏曲
倒过来弹

把水捞起来 哪怕一滴几滴
看它们怎么变成音乐之外的东西
怎么飞走

把太阳捉回来 放在枕边同我一起做梦
又在梦里 把太阳放回去 录下太阳自由后的
舞蹈 呼吸 心跳

再把水变成的音乐晒干
听那泪痕的音符风一样的叹息

这种种反反复复
就是我心中的 德彪西
不 这不是游戏
所有的技巧都是为了表达 所有的艺术表达
都应该获得尊重
不是高高挂起 是飞扬在心的海洋里

德彪西 德彪西 德彪西

记忆

那欲望的洪水
来得那么猛烈　持续
不　不要怕　它只能淹死恶欲昭彰的鬼
绝淹不死清风明月
苦难　也是这样
它只能淹死苦难自身和屈从苦难的怯懦
坚强　当然应当包括记忆
记忆就是一种坚强
它不怕炮火　不怕囚禁　不怕酷刑
不怕孤独　不怕黑暗统领的一切

是的　记忆是坚强的一种

记忆如果不坚强　人类也不会发展为现在的人类

记忆　是心血与灵魂之火铸就的地球上的

星星　是一粒粒细小的太阳

砍不死　碾不碎　烧不灭

所有的一切都被记忆铭刻

记忆　不以任何意志为坐标为转移

记忆　一颗独立自由的星

至于是太阳还是月亮　看我们各自的喜爱

记忆　有时候也会像一阵流星雨

半滴水　也是记忆　一滴血　就更是了

当眼睛习惯了黑暗

当眼睛　习惯了黑暗
这是多么可怕的黑啊

你本不该这样的啊
眼睛　你本不该这样屈服于黑暗的啊
眼睛　怎么能屈从黑暗
你不就是为了看见而生出来的吗
看见　是什么
是黑暗的死敌
是光明时时刻刻拥抱着的生命
是火红热血滋润着的自由灵魂

当眼睛习惯了黑暗　当眼睛习惯了黑暗
什么事情不会发生　什么事情还会发生
当眼睛习惯了黑暗　就开始了
生命最大的灾难

眼睛是干什么的　黑暗是干什么的
不要以为人们真的不知道

当眼睛习惯了黑暗
当眼睛习惯了黑暗

火

火
让人想起了远古　想起飞蛾

想起好多倒下的人
他们也曾红光满面
以为火
会喜欢他们　温暖自己
但
从未想过火会在某一天烧死自己

火　真的会烧死自己吗
自己不就是火一样　火不就是自己吗
被自己烧死　被
亲爱的自己烧死

那火呢　也会自己烧死自己吗

光明　在光明的尽头
问
有谁听得见这样的　问

历史听得见吗

黑暗使他们获得了一种过滤

历史 匆匆远去
却也留下了不少遗忘的东西

侦探的眼睛 并不是警察的专利
稍微心细一点儿就可以找见
岁月与情感的种种遗留

年轮的存在是一种生命的诗情
她深深地藏在心的深处
一般来说要到死后才能看见
亲眼看见和亲手抚摸自己的年轮
是一种亲切 还是一种残酷

水的痕迹处处可见
可谁知道水曾想过什么
风的痕迹从无记录
可风的歌吟再现在每一只青鸟的感叹里

聆听这样的历史遗留
需要一种诗意的关注和诗意的闲庭信步

一次谈话

历史　从来不载入多数人
实际上　想载入也不可能

四季怎么记得每一片树叶　每一朵花
大海也不可能记得每一滴水　每一层浪

书　可以积累成书海
可书海在人类历史的银河里
也不过是一颗星星上的一汪水渍

怎么办
有幸成为少数的被历史铭记的人
珍惜自己
光大自己
坚持不懈地成就自己吧

你精粹　民族就精粹
人类就精粹

这　可不是一个好玩的游戏

小船

叶子
飘到水上
心
看见了　想
我也要去
于是
就有了
船

调音

在纷闹喧哗里
给自己的心弦调音

双簧管也有四季
哪一季是标准

谁给大海调音
海燕　风暴　月光
谁给山谷调音
蝴蝶　鸟鸣　溪水

谁给乡村调音
春雨　丰收　还是年夜的大雪

谁给都市调音
一杯清茶　两厢灯火　婴儿初啼与天边的启明

让天地万类自由地唱吧
生的自由是世上最美的音准

注：乐队调音以双簧管为准

闪

深夜　大街上
超载的卡车紧迫着我
想吞我
如狼似虎地吼

史前　林莽中
我这个野人被兽吃掉
几声咀嚼
依旧无垠的蛮荒

闪回　光　尘　逃窜
和都市一起长大的我
让奔突的文明
压死

读俄罗斯知识分子

你们害怕他们的精神
无私无畏
勇敢献身
而这 你们杀不死

他们是知识无产阶级
没有自己的家园
得不到任何保护
但 他们存在 就是威胁

过去的黄金国和未来的理想国
呵护他们成长
呼唤他们前进
撑起他们的信念与意志

他们不怕绞架 不怕流放
他们热爱常年冷酷的西伯利亚
他们坚贞于爱情
理想之旗飘扬着他们心上的姑娘

他们把最冷的那个月命名自己的党
他们用生命拥抱冰冷的太阳
他们出身名门但生就一胆叛逆
他们的传说 神话和激情
成为后来人神圣的灵感和绵长的童话

读列宾的《意外归来》

小时候 读《意外归来》
最让我难忘的
还是那群孩子 和他们的妈妈一起
惊恐地望着一个枯槁的陌生人
熟悉地走进这个多年没有父亲的家

看着看着
谁想到几十年后
我自己
变成了站在画里的主角

不是爱人 是
头发灰白的母亲抱着归来的
我
那是两棵万劫不死的
中国树

穿透沉积岩的花纹

竖琴拨奏　雨滴的姐妹
泉水在快乐滴沁

弦乐齐鸣　瓦上的晨雾
正冉冉过来　树林的呼吸

长笛　云　不要老跟着雨跑
你有自己的歌喉　且月亮般柔美

水一样的双簧管
婉转流淌　自在地思考

作曲家将它们合起来
夜色褪出
晨光钻过天空的门缝
炊烟起处　月亮睡下

一只白帆任思绪前行

没有桨与舵的

小船

就那样大方地随她远去

天真可爱的用手尖沉思着的

少女

用竖琴美色拨奏为小船送行

树林用散板的合唱和大提琴一起

给村庄抹上清早的奶香果香草香谷香

乡土的田野　听见青山在洗涤

三只黑管旋舞　黑天鹅般庄严

一只少了一条腿的蚂蚁

我看见了一只少了一条腿的蚂蚁
它并不伤感 也无自卑
它的神态非常健康自然
它在干活 把一块比它大几倍的
苍蝇肢体一步步推向它的巢穴
我看不清它的脸 但我感觉到它顽强的
微笑
像我从小就见过也一辈子不会忘记的
中国农民的那种微笑

也感觉得到这个小精灵的
内心
一种不可抗拒的张力与不驯

我试着让它翻过去
它默不作声翻过来
又继续它的工作
我试着吹了它一口
它从被吹走的远处匆匆赶回
又继续它的工作
我不忍心难为它　它少了一条腿
但我没看见也没感觉它身上和心理的
任何残疾　它　是一只健康的蚂蚁

深邃

我还是喜欢这个词 深邃
它表达着一种成熟 练达
像一盏古老的油灯
并不显赫张扬什么
只默默地闪亮
不管风狂雨猛 妖雾迷茫

我一看见这个词 就好像听见
妈妈在叮嘱 我一看见这个词
就觉得自己的创作生命才刚刚开始
看见它 像听见了老柴的《悲怆》
和贝多芬的《命运》
听见了拉赫玛尼诺夫的心灵交响

我真的很喜欢这个词 深邃

它和思考 深沉的思考连在一起

让我清醒 让我宁静

让我一下子看见历史长河 浩瀚的未来

那不停闪烁的星光

它们告诫我 长路漫漫 求索无垠

我愿深邃这美丽的意境伴我一生

我愿一生都聆听深邃的召唤

我跟蕾儿

公共汽车窗玻璃蒙上一层热气
我会画上一只小猫　带几根胡须的卡通
一洼脚盆大的雨水
我会招呼儿子和他做一艘纸船
来　我们也去大海玩一玩

面对一堵旧迹斑斑的老墙
我跟儿子讲什么是凌乱美
过几天路过一片各色石块
砌成的护坡
儿子像交作业一样对我说
爸爸　凌乱美

去看油画展 我对儿子说 用心记住
告诉我你喜欢的 回去 我们玩一个音乐游戏
你要猜得出每张画的名字

到家 我用钢琴即兴弹出一幅幅画
儿子如数家珍地讲着
七月黄沙 山寨 门 老家
我问儿子怎么听出的 他说
凭感觉 我听见了小狗 少女 老牛和那
青铜色的篱笆

凤凰印象

雨巷　在油光上行走
雨巷　在银白里行走
雨巷　在翠绿间行走
雨巷　在殷红中行走

时间　油光着
空间　银白着
山野　翠绿着
生命　殷红着

读

时间的熊希龄
山野的沈从文
空间的黄永玉

生命的我自己

行走　行走　行走　行走

烟雨

烟雨　烟雨　烟雨

烟雨了山
烟雨了水
烟雨了洲
烟雨了城

烟雨　烟雨　烟雨
醒也烟雨
梦更烟雨
死是烟雨
生能不烟雨吗

烟雨 烟雨 烟雨

时空烟雨
速度烟雨
追求烟雨
意念烟雨

烟雨 烟雨 烟雨

有是烟雨
无不更烟雨吗
烟雨即我
我即烟雨

烟雨 烟雨 烟雨

十月对白

她　那么理手地添一把柴火
说　你要做一辈子的准备
火　噼噼啪啪地燃
在炉膛里

我笑了　不怕　见多了
怕也无用　反正有命一条
我们都要回去的　不久
我也会吗　我们知青也会　她问
四周黑黑的　狗在旁边
静静地听　火　噼里啪啦地响

这一夜　我们为那条
惊天动地的巨大标语
深深地
深深地没睡
好不兴奋　历史正悄悄地翻过

有脚步声　奔跑

黄花梨木心里的滋味

在平常的日子里
提炼诗歌　寻找诗歌

想起打铁
小时候看不明白的打铁

一锤锤下去
承受的该不仅仅是苦痛

黄花梨木　因为质地
而被选作名贵的家具

诗　究竟是什么呢
是每一毫米都长得极慢的质地

极紧的
黄花梨木

黄花梨木
是一位天生的铁匠

假如

假如

山林
在乎 每一片树叶
江河
在乎 每一朵浪花

百姓
在乎 每一寸生命

公民
在乎 自己的国家

历史
在乎 每一次转折

水泡世界
可也有一首自己的圣歌

我看见胶水瓶里的一个水泡
慢慢地升起
很庄严
很宁静
很有一种神圣的稳重

我想
人　要个个都像这水泡一样
多好

我又想
我怎么会知晓我不认识的人
会不会早就像这水泡一样
活了好多辈子了
我操的哪门子心

不
我还是要欣赏胶水瓶里的那个水泡
它 慢慢地升起
很庄严 很宁静
很有一种让人联想很多的神圣
我甚至想知道
水泡世界 可也有一首自己的圣歌

声明

我自己有血

不需要任何美妙的红酒来瞎掺和

让谁都可以打打秋千

沉默的钢琴是不是停止了思想
这个问题现在不好马上回答

漫天的雨丝可能是云朵争吵的结果
要问一问田野上新出现的溪流

不相信半只鞋感冒了就取消昨天的晚会
看见它清早还在河边上跑步

一封信躺在邮筒已过了九年
这悲剧在城市已演过不下七场

每一棵月桂都起码上过学前班
不知道为什么要上街到了秋天就心慌

戏票半张可以蹿进一个排的歌迷
一辆的士到底可以坐多少名乘客

寻找　诗的火把引领着

因为寻找
诗人吞得下世上所有的
痛苦
嚼碎它们　咽进去
变它们为惊天之作

因为寻找
诗人不怕走世上最黑的
长夜
撕碎黑暗　黑暗又扑上来
再把它们一一撕碎
黑暗又再一次地扑上来
再撕　再扑　再撕

因为寻找
诗人
把浓看成淡　把厚看成薄
把难看成易　把长看成短
亦——反之
无畏时空的牵制

诗的火把　引着诗人无处不去
听得见宇宙里光年深邃的狼嚎

我已不是我

我已不是我
不是
至少不是刚才的我
不
我首先不是过去的我

没有自由
有我何用
没有自我　那不是真正的
我

我是什么呢
我是一朵思想之花
不停地思想
不停飞翔的音乐

我是风花雪月
载着好多灵感与痛苦
在众多心灵伸展触及
不到的地方
恣情地舞着　书法着　扬弃着
大写意的
风花雪月

要诗歌干什么

要她写下山崩地裂时
一只工蚁的沉着与牺牲

写下一抹灰烬在烈焰中
无语的独舞自白

写下一棵将倾的古树
为了一只小鸟的出壳那倒下前的托举

写下狂风暴雨那千军万马的
半滴雨泪的干渴与梦幻

写下被活埋地底的千年古莲
冲出黑暗时的尖叫痛快

还写下枪响前的无尽后悔
胜利晨昏的扪心自责

也写下幡然清醒时
那宝贵的胆怯与退步

更写下新春第一朵花仔第一片嫩芽的啼笑
岁末傍晚最后一缕碧霞的忧思与缠绵

现代诗　你应该是一匹狼

——读姜戎《狼图腾》

在残酷生存竞争中
即便是良种
但若争抢不到食物
不把恐怖的饥饿意识
体现在每一根骨头每一根肉丝上
它只能成为狼世界中 矮小的武大郎
最后被无情淘汰

现代诗
你听见了这些吗
现代诗　你应该是一匹狼
一匹饿狼
一匹最强壮最聪明最能吃能打
吃饱的时候也能
记得住饥饿滋味的
狼
一匹永远居安思危永远特立独行的
狼

要不　你有什么资格称自己为
现代诗

雪梦荷香

面对诗的心灵雪花
就像现在面对楼下
街心那棵樟树的青葱

从那青葱里
找寻春天的抚爱
捧出发自黑暗深处的呢喃

那各色呢喃
就是我这会儿沐浴的
太阳雨

我知道这些闪光的乡谣陶片
从哪里来
也能猜出她们要到哪里去

先去荷塘　等待某一个雪夜
那从思念涟漪里跃出的荷
尖叫的梦

也许不呢

常替那些很少被使用的
词语难过
它们
那么孤零零地
你不挨我我不碰它地
待在那儿

也许不呢
它们从不觉着自己孤单
就像一棵棵小树
自由自己的天地与痛快
谁听过树因不能移动而
悲伤地哭泣

是的 有些东西很少被用
像交响乐队里的某些打击乐器
一生有很长的时间
都是在等待

也许 我自己就是那很少出场的
一只碰铃

可她不　她就成了诗人

我在想
她是怎么变成诗人的
一朵花
开就开了　可她不
她要描述
描述整个开花的经过　的苦

河流会这样不
雨点会这样不

河流在弯曲时也许会
雨点在触地时也许会
就是那莫名的弯折扭曲
就是那残酷的撞击碎裂
让它们
成为了诗人

一朵花　开了就开了
可她不
她
就这样成为了诗人

诗　就是虫子

——重读顾城

突然觉得
我们就是一群虫子

远处
有一亿块钱

我们好多人看都不看
因为我们是虫子

等我们结束了说话
也许会有一个虫子很快地离去

我理解他　他不知道他
明天的早饭在哪里

但诗　就是一只虫子
是一只地地道道的虫子
你以为虫子就丑啊　虫子
可以是蜻蜓　蝴蝶　蚕宝宝

飞蛾

女儿剑

从前 一位剑匠怎么也铸不出好剑
一天 来了一位老者说
好剑 非命炼不可
命炼 尽管老者话音很轻
剑匠之女却深刻铭心

命炼命炼 老父去了谁来成剑
父亲 我去 说完
女儿跳进烈火熊熊的熔炉
电闪雷鸣中 剑匠铸就一把冷焰冲天的
宝剑
名曰女儿剑

每每电闪雷鸣 我就看见这故事

每一个亭亭玉立美丽的中国字
就是我血肉相连的一个个女儿
我捧出的每一首诗
就是我战栗心疼的
女儿剑

女儿剑 女儿剑 让我旷世心疼的女儿剑

无题八章

来得那样快
还没来得及看清就接受了
更不要说想
以至于到了电话里问
要不要处理一下
想都没想就说
要

就那样飞了进来
就那样飞了出去
蝴蝶

只能活七天　七天

她居然敢向大海飞

理论
没有纸的时候　最不保险
谁会记得那么多

一生的事

比未来更早地　来了
这　就是诗

迟到
我们全都是迟到者
历史　早就站在前面了

我们这么喜欢他们的东西
他们却一点儿也不知道
有什么办法让他们知道就好
这好
是为了他们 还是我们

关口
终会变成风景
当守关的走了以后
就在关口狂欢
我们也成了风景

没留下文字的日子
不应该叫日子
这话不对别人 只对我自己

钢琴曲

那几棵树组成一幅
俄罗斯风格的油画
那个场景
沉甸甸地压抑着我的
呼吸

那绿　深深的梦
沉沉地渗透侵入我
心最底层

就这样
一幅新的风景
出现在很久没弹奏的
一首钢琴曲中

那曲子名叫
峡谷黎明的黛绿

窗外冷雨辞

很喜欢窗玻璃上的冷雨
常觉着自己就是那汩汩流下的
冷雨
有时　飞流直下
有时　弯弯曲曲
有时　走走停停
有时　干脆睡着了

好自由的我呀
好自由的冷雨

曾一次次将摄像机
对准这一片片窗户
一行行玻璃上的冷
雨想
透过玻璃雨窗　拍点什么

比如　红殷殷的杜鹃
比如　玉黄　不　嫩鹅黄的
梅
还有　丝丝曼妙　下
一塘青波亭擎的　荷

我就是那冷雨
在窗玻璃上　弯弯曲曲　走走停停
遥望雨荷
冥想出神

围坐一起烤火

围坐一起烤火
跟四个弟弟妹妹一块儿
真有味　好快活
如果有糍粑　年糕　红薯
就更好了

看着糍粑在火上
由硬变软　慢慢地鼓起　鼓起
鼓成一个小小的
小人国的大枕头
闻着年糕在火钳上的桂花甜香
还有黑乎乎的烤红薯
那只有它才有的喷香的香气

那才是烤火
那才是家
那才是让人永远想不完的
童年啊

致

一个音符　去追另一个音符
不要单从作曲法去考虑
就不能浪漫点幻想
这个音符是喜欢另一个音符吗

没有任何关系的音　不会聚到一起
德彪西的音乐
常常让人觉着是风　是雨　是水
是布谷的呢喃　是流星们的飞吻

是风吹柳
是万里之外的一对中国风铃的千年梦
在悄悄地亲昵

是落花流水们的前呼后应

是蜜蜂中的工蜂辛勤采蜜时的劳动号子

是万千绿芽争相展翅时的春雨沙沙

琴觅

一个音　弹下
另一个音
不落
谁知是何由

弹下了
却陌生
残句短句成一曲
闷出　一线漫长

停顿
是音乐　连续无觅　也是音乐

何处是尽头

梨花细雨黄昏后
不是愁人也断肠

不尽

那不是水声　那是岁月在很远的远方嘶鸣

比人高的巨石　宁静无语
飞瀑
闪白绿墨蓝青灰之泪花
搅峡谷清风
寒浸山涧

孤亭
独
守

空旷　幽远
携接天山岚　倾听　远望

任人喧哗
水沉随我静

没说完　没说完　没说完

说不尽　说不尽　说不尽

不尽

热血成空　成远

煮饭
隐约的水汽和着饭香
冉冉飘散
她们　要到哪里去啊

找前世
追明天
寻来去的
梦

十里稻花香
那香　如今又在哪里
她们
也找故乡　也找回家的小路吗

好多人好多事好多纪念
都像这冉冉飘飞的
水汽　去
了

有一天我也会这样　热血成气　成空　成
远

我生命中的陌生人

这个命题
里边当然深深地藏着属于我的秘密
我生命中的陌生人
不一定和我没接触
也不一定我不认识
他们也许常常从我身边走过
或常常看见我的身影听见我说话
甚至也见过我的作品
但
他们永远是我生命中的陌生人

小草青葱
蚂蚁无数次地从它的影子下走过
岩石矗立
河水翻来覆去地冲击它淹没它
不
也许我生命中的陌生比大自然里的陌生
还要陌生许多
有的人 可能与我同过路
但
他们有一种东西注定不会成为我的同志

我的孤独